ウェベゴーン・ウィンズ

Translated to Japanese from the English version of
Woebegone Wynds

Hornbill Harcel

Ukiyoto Publishing

All global publishing rights are held by

Ukiyoto Publishing

Published in 2023

ISBN 9789360495008

www.ukiyoto.com

夜が明け、光を放つ サイオンとそのガイドを探せ。

謝辞

11 年前、断片的な詩を書き始めたとき、その物語を語り、そのいくつかを本にして出版するとは夢にも思わなかった。この本を手に取り、その著者である自分の名前を見ることは非現実的であり、いまだに絵空事のように思える。この本が現実のものとなる道を開いてくれた宇宙のすべての人、すべてのものに感謝することは不可能だろう--しかし、拍手に値する聖人が何人かいる。

何よりもまず、私を励まし、つらいときに手を差し伸べてくれた素敵な両親に感謝したい。私が書くことをあきらめなかったのは、彼らの愛と絶え間ないサポートのおかげだ。母国語で何か特別なものを書いて、彼らに捧げるのが私の夢のひとつだ。健全な批評をしてくれた妹のスガンダと、じゃんけんで負けたら謝辞に名前を入れるように言ってくれた弟のマダヴにエールを送りたい。

自分の本を出版したいですか？」と質問し、出版のプロセスを通して私を導いてくれたニケット・ラジ・ドウィヴェディに感謝のブルジュ・ハリファを捧げる。The Write Order のチーム全員、この本に対する彼らの努力とたゆまぬ努力に脱帽だ。

彼女の提案、熱意、そして洞察に満ちた編集上の助言に心から感謝する。私の提案を考慮してくれてありがとう。君と一緒に仕事ができて楽しかった。

また、この原稿を初期の段階で見直し、ゴミだと言ってくれた私にも感謝したい。今でもそうだ。9 時間労働の後、眠れぬ夜を過ごしながら編集する。頭で書くのではなく、心で書く必要があることを思い出させてくれた。

最後に、10 年前、私の最初の読者であった私のいとこ、私のドッペルゲンガー、ヴァリンダ・ラクシュミ・ラカンパルに心から感謝する。ありがとう。

内容

前編

過ちと権利

有毒な行動にはうんざりしている。
絹の風が誓いを立てるたびに、フェアなものへの渇望が生まれる。

その思いはいつまで続くのだろう
私はまだ自分の心を疑ったことはない。
夢が心を慰めてくれる

水のベールに包まれた王の高貴な気高さが燃える
すべての過ちと権利のために！結局、屠殺される

影のような侵害にうんざりしている。
盗まれた鳥がかじるたびに、引き裂かれた音が響く。

深淵の唸り声のなんと明晰なことか
私は人生でまだ一度も考えたことがない。

クイーンの誇り高き偏見が、涙の雫を落として歌う。

すべての過ちと権利のために！一時的な陰謀を企てる

魅力的な伯爵に飽き飽きした私の息が剣を引く

通り過ぎる星が徘徊するたびに、それは海岸に到達する瞬間を迎える。

私の偉大な愛がどれほど苦しんだことか

這いつくばって主に懇願する時間は、まだ計算したことがない。

蛇の池で笑うナイトの大いなる嫌悪

すべての過ちと権利のために！裏切り者の名声を与えてくれる

ウェベゴーン・ウィンズ

若者の軽蔑的な趣味を想像しながら、悲痛な路地を旅する。

法のスペクトラムに飼いならされ、欠陥文化に嘲笑され、犯罪を挽回しようとする。

そして、スカイラインの中で穏やかに過ごす

質問を投げかけ、プロットを描く

彼らはカメレオンの小道具から生まれる 努力は物語を語り、物語を包み込む ユートピア的なプラケットには決して収まらない 偏見に邪魔されながら、彼らは洞窟の中に押し込められる

金と名声に目がくらみ、荒れ果てたウィンドにこもる若者の頓珍漢な韻を踏む。

恥も外聞もない

しがらみに飼いならされ、逆境に強い教義に苛まれ、気まぐれに墓を持ち上げる。

シーグルーンの中で静かに休む

質問攻め、王座改造

フェネックの衣をまとった彼らは、豊かな話や物語をパレードし、決して牧歌的な風土にはなじまない。

余計な企みで茶化す

ドミナ＆ドニムスの見返り

かつてはアンティークの地で
変則的でカバラ主義的なグランの部族を集めた。
カエリ、アクア、イグニス、テラ、そしてクインテッセンス。
彼らは土壌を育て、喉の渇きを癒した。

やがて、火と仮装の中で鍛え上げられた存在が現れた。
律法への什分の一はまだ支払われていなかった。
ドミナとドミナス・クイド・プロ・クオがこのエースゲームに参戦するまで

竪琴のシンフォニーで取引され、作り直された。
フクロウとタカの小屋でロックされた2つの記録 アホウドリ、クジラ、トンボ、ヒョウが目の当たりになった。
契約を破るということは、一握りの素晴らしいものを伝えるということだ。

そうして、千年もの間、約束と100万個の中性子が半減するまで、すべてが決着した。

水は汚れ、空気は汚れ、土は荒れ、アーバーブスは枯れる。

茎の蔓の中に、つながりが落ちた

そして、ホミンズの領域で道具となった。

現在進行中のリールのクライマックスまでしか覚醒しない。

その好意は、火事場泥棒と小売店の2倍を支払うよう要求した。

イウスティティアの目は、汝の襟首を掴もうと静かに待っているすべての信条を判断する。

ユーカリ

苛烈なトラブルの数々が、私の心を嵐で混乱させる。

一晩中、黒板の隅で行進し、ドアをノックして中に入る。

そして、生き残るための救済策を探す旅に出る。

森が蛍光色に染まるまで長い距離を歩き、ユーカリの葉に出会う。

骨折した頭蓋骨の音色が、私のテノールに不信感を与える。

それは価格を競うために荒野で私を追いかける

掃き溜めから私を救い出すことはできない。

そしてユーカリの幹に出くわした

遠くのキャンプで日々をヨーデルを奏でる偉そうな浮浪者の悲痛なベール。

それは図太い太陽の下を歩く私の悩みをあざ笑い、貞淑な切り札で私の病気を追い払う。

私はアザミが生えるまで境界線を歩き回り、ユーカリの粒を見つけた。

苛烈な人生のもつれが、群衆を気の遠くなるような分裂で霧散させる。

その代償として五角形に捕らえられ、鉤縄で縛られた魔女にされる。

ユーカリの光景に閉口する

ラピュタ

広大な真空地帯に取り残された、俊敏な土地。

歴史の物語をサーフィンする

プライスレス、生命の保存 神経科学の輝かしい成果

常に進歩し、決して諦めない サッカリンな快楽と喜び

愛と信頼というシュマルツの価値観は、意味のない賞品として託された。

庇護する者、突き進む者、芳醇な妻たちのダンスを演出する。

サピエンス仲間の統合失調症患者のための刑務所の振り付け

希望に背を向ける 二項対立のルールに制裁される

走って、滑って、そして悲嘆に暮れる。

植物と農作物のホームレス的な神の単純な宝を指示する

機転を利かせた戦いで火傷

青空ムカデの密かなアイデアが日々の悲鳴から吐き出される

奇跡的な自動車として扱われる風向きの変化

バルニバービ発見のセレンディピティ

陽気でアダマンタインなシュールな振る舞いに、絶望的な人々は憧れる。

試行錯誤、恥ずかしがり屋、補足的な閉じ込め 斜視の男性によって作られた補助的なもの

委任状はほとんど使わず、慣習的な教義を奇妙な数字で記す

化石発掘現場での落し物 怯える妻たちの音楽を歌う

ラピュタ！なんと味気ない窮状

ダンテの地獄

夜、日、そして夜明けの焚き火の前で歌われる哀歌

人生がレースと化す前に、私は負け続けている。

夜明けにピクシー・ダストを浴びる前に、ホタル、ミツバチ、ティンカーベルが秘密を囁き合う。

そして、彼らも私を除外したようだ。

若さと名声のために飲み込まれた心の痛み、無頓着さ、不吉な入り口

これほど頭の中で迷ったことはなかった。

深く深く掘り進んでも、光にたどり着くことはない......今夜、彼らがささやいたトンネルの先はどこなのか？

私はこの井戸から抜け出せないようだ。

カブトムシのささやきと寺のかすかな鐘の音

月が高い

私は永遠に埋葬され、ここが私の孤独な墓となるだろう。

私は行く、私はメイン、彼らは留まる、彼らは無意味な愛と喜びのない日々を祈る。

そして、この武勇伝は得るものはないが、苦痛だけはあるようだ。

暑さ、太陽、そして私の夜の逃避行がこのドアに印をつける。

いつから私は、あなたにとってそういう存在になったのですか？

この美しい歌と美しい光が私の心を掴み、私の目を眩ませる。

体重が増えることはないようだ

では、なぜ私もいつも手を伸ばしているのだろう？

夕暮れ、夜明け、そして哀愁漂う黄昏が、衰えゆく人類の物語を歌う。

死神であり、大鎌を持つ者が、なぜ私を監視しているのか？

どんどん深く掘っていくが、橋の終点はどこなのか一向に見えず、彼らは怯えながらつぶやいた。

私はこの地獄から抜け出せないようだ。

私はこの暗闇の中で永遠に孤独に耳を傾けている　　への
　　　ない　サイレン　　朽ちた罠

月が欠ける

そして海の波は止まり、私は永遠に重荷を背負うことになる
。

これが私の清算点だ

私は留まる、私は主張する、彼らは壊れる、彼らは恐ろしい年を殺害する、荒らす獲物。

考えようとしても、私はまだ恐れている。

楽あれば苦あり

情熱的で欲望に飢えた魂は、貧しい人々から酒を飲み、神から盗む。

こんなステルスなマックナイトに出会ったことがある。

春も夏も冬も、雪は作物を育てるオーラを放つ。

どうやら、私もあなたたちから多くを学んでいるようだ。

鹿、イルカ、そして暗号のようなシルバーミストが繊細な毛布を彫り、大蛇が蜂蜜を差し出す前にキスをしていた。

深く深く掘り下げても、決してプライドを満たすことはない。

私は重力に縛られているようで、空気がなく、呼吸する気力もない。

私はもう何も感じない

静止した波と裏切り者のヘム

月が再び姿を現すことはなく、その光も消えてしまった

私は永遠に悩まされる

そしてこれが究極の嘲笑となる

私は這いずり回り、懇願し、彼らは醸造し、地獄のような猟犬と熱っぽい名前を手なずける。

楽あれば苦あり

フォーク＆フェイズ・オブ・ドリーム

聞いてくれ！この国の人々と信仰者たちよ、この道には邪悪なものがある。

森の密猟者たちの失われた長い夢 隠れた生き物たちを狩り、殺す

聞いてくれ！私の夢の皆さん、そしてフェーたち 何かが私の中で大きく間違っている 踊る悪ふざけと聖なる料金で 私は冷酷な存在以上のものだ

聞いてくれ！仙界の民とフェーたちよ、呪われた土地ではしゃいではいけない 才能と誓いの厳しい話

不幸は断罪され、硬貨は溺死する

聞いてくれ！名声のフォークとフェース

どんな王冠も、あなたの名前を葬るには値しない。

縛られたまま、聞こえないまま、引き裂かれたまま

聞いてくれ！親愛なる皆さん、そしてフェースたち

凍てついた産みの業から外れるな、もはやこの肉体は従わない

すべてのストリングとプーリーチェーン

吊るされた男

(壊れた原因)

世界がその下にあると考えた主は、軽率だった。

彼の手のひら カラスになった

彼が傷ついた心で私のもとを去ったとき、その理由は計り知れないものだった。

絶望的な季節だった。

それにもかかわらず、人々はこの死のシーンを評価するために留まった。

この歴史的な死を笑い飛ばすために。

（不愉快な環境）

簡潔さは、愛の喪失を嘆くカラスの名前である。

その意図は崇高だった

怪物の下で拍手喝采を送る。

捕られた魂を中心に展開するノトーリアス・イズ・リズム

実り多き希望に敬礼する

(真実は語られない)

嫌悪はリッパーマウンテンであり、狡猾な男によって引き裂かれた男たちの亡霊が住んでいる。

モーガンは嘘をついたと誰の娘が言ったか。

私は犯罪の目撃者だと誰が言ったのか。

彼はただ生きていた。

天と地

天と地を動かそうと二度心に決めたとき、勝利は土と血の臭いがする運命にあった。

山の咆哮の音に気絶する陰鬱な栄光

複雑な計画で、妖精の軍隊を捕らえた。

戦いの美しさは、心が無邪気になった。

アンチャーテッド街道の違いを知りたい

しかし、キャノピーを追うごとに

渇いた大群の要求を退ける

澄んだ空気の空と空 苦しみに燃え、苦しみに泣く

燃料とキャンペーンを集めようと2度決意したとき

日陰に埋もれる人々の口が見える。

武器ファサード

獲物の感覚を呼び覚ましながら、私は彼に立ち向かい、道を切り開いた。

私が彼の考えを変えたのは間違いない。

パート II

サン・ハズ・ゴーン

太陽は去り、野獣は沈んだ

今日、流血が起こるだろう......あなたの残酷な意図は知っている。

君の心は真っ黒だ。

死んだ石を愛している

陽は昇り 獣はもういない

どんな太陽の光も私を完全にはしてくれない

暴力、戦争......あなたはその片棒を担いだ。

もう私には会えないのだから。

ハウリング

ペンタゴンを守る審判は、すべての呪文の欠点を決定する、

また魂を失った

月の戦争マシンへの没収

彼が踏ん張れば、同胞は逃げ出す

弾丸と銃が私を貫く

私の鎧は妖怪でできている、それでも心臓は恐ろしい鼓動を刻む

女王が攻撃を呼びかけると、火は家を追い立てる

カラスに変われば変わるほど、カラスは戻ってこない

老いた奇術師は鼓動を求める。

リジッドフィールドで歩を進める

レーン上のパワーが両端を引き離す、

もう一方は離れている。

怪物的

息には糸がないのに、息は続いている。
しかし、死者にしか聞こえない

花婿の中で、夜の泡の中で すべては破滅だ
昼から夜へ
夜が明けるまで
ほうきで

聞こえるのは泣き声だけ
愚かな喪服の部屋で 時間をさかのぼる
でなければ、花は咲かない

影に生きる
不潔な咆哮を上げる 悪夢のようなストリート・トリックスター
私は極悪非道の強盗かもしれない

顰蹙を買うような発表はまだない

獣のような王冠に向かって行進する モーニングボール

デイライト・トロール

その叫びはすべて、眠たげな遠吠えにかき消される。

息には糸がない

それでも、私は千の夜を生きてきた。

私の力を満たすまで

私は生きている。

しかし、死者だけが聞く 花婿に、夜の泡に すべては破滅だと

昼から夜へ

夜が明けるまで 篝の上を歩き続ける

分裂した心

以前はとても悩まされた

でも、あなたの鼓動はいつも高鳴っていた。

民族の祈りの別庭で。

私の心があなたのために泣いていたとき、あなたのビジョンが輝いていた。

国の誇りにかけて

永遠が過ぎ去ったようだ。

私たちはどうなるのだろう？

私たち2人が1億分の1ゾーンを離れたとき

以前はとても悩まされた

死んだゴールの迷宮に入るが、君はいつも自分の運命を知っていた。

愛国心と英雄主義の喝采の中で。

山の手ひとり暮らし

しかし、あなたは冬の森を作っただけで、それを置き去りにした。

永遠が過ぎ去ったようだ。

私たちはどうなるのだろう？

私たち2人が1億分の1ゾーンを離れたとき

私たちの唯一の花と滝の場所は、今、灰と黒で横たわっている。

壊れてしまった戦争の後遺症の中で、甘い思い出はまだ残っている。

分断された心、それが今の私だ。

以前はとても悩まされた

私の心があなたの姿を忘れても、あなたの光は輝いているように見える。

朝焼けの星と一緒に。

僕の手が君の感触を忘れても、君の歌はまだ空中で燃えさかる。

雪片の問いかけのループの中で 永遠が過ぎ去ったように思える もう一つの永遠もすぐに過ぎ去るだろう

私たちはどうなるのだろう？

私たち2人が1億分の1ゾーンを離れたとき

疑問は背後に潜む 戦艦の苦難

暗い過去を思うとき、武器と旗1本で何が変わったのだろうと思う。

分断された心、それが今の私だ。

生きることと死ぬこと

霧と幸福の暗がりの中で

フリー・オブ・ヴォイド

見えない空虚 暗くて冷たい

世界の沈む音 チェーンについた火の粉

歴史戦争の回想 思い出させてくれ

結果は私自身のものだが、信仰の飛躍は彼のものだった。

遠い昔に盗まれた宝の心で

川辺の夢の約束とともに

エリュシオンの野原で そしてキスを

罪悪感と喜びでいっぱい 彼の腕の中にいること

墜落した飛行機と高原の運命の前に

真珠湾攻撃と人間への嫌悪が始まる前

この空白は、私が心の奥底に入り込むにつれて暗くなっていく。

より暗く、より冷たい戦争の回想とともに

その中で迷子になる...

雨と星と夜

今夜、通りすがりの人や口笛吹きたちが寄ってきた。

月のように輝く海岸で 漁師町の部屋の近くで

私たちが出会ったもの、読んだものすべて

ヘッドであることに終わりはなく、それは動くだろう

ブライト＆ブライト

奇妙な光を放つ月のように

落雷を見て、今夜は怖くなった

月に降る星のような雨の中 漁師町の部屋の近く

私たちが出会ったもの、読んだものすべて

ヘッドであることに終止符は打たれない。

オン・アンド・オン

正午に瞬く星のように

大騒ぎ。

戦争より愛をこめて

暗闇の中で聞こえる、泣き声の煩わしさ 時が過ぎれば、なんておとぎ話だろう 死は愛おしい

しかし、あなたがいると、ほとんどの人はそれを手に入れることができない

私はそれを見ることができない そこから逃げる

しかし、それは死の拷問なのか、それとも生き生きと生きることなのか。

心置きなく

滞在する理由

炎がなくても人生は地獄だ。

耳を閉じなければ死ぬ

何十億と死ぬまで一緒にいる理由がある。

私の呪われた人生に重くのしかかっている。

たとえ夢が裏切っても 戦争の始まりとともに

私も涙があふれてくる。

でも、私の頭にはまだ君がいる。

私の行く手にある死のように、私を放っておくことはできない

あなたも同じ

傷跡を恐れる必要はない。

それは私たちの運命ではない 私とともに生きる

最良の道を選ぶ

未来は見えないかもしれない。

私の人生をカラフルに

それはあなたの手の中にしかない

光の回廊で暗い顔色で夢を見る、それが私の人生だ。

運命に関係なく、私はいつもあなたを忘れない。

ああ！カルプルニア

汝の治癒のために、一日一日を祈る。

汝は夢の中でどこにいるか知っている。

ジュリアス・シーザーは死んだ」と叫んだ。

パート III

倦怠期レンズの物語

古いトランクの中で埃をかぶった失われた記憶。

涙の貯蔵庫

いつ君がいなくなるかわからない。

このような絵本は、正義にすら反する擦れた額縁だ。

あなたの美しい顔に

しかし、私に残されたのは、これらの写真に写し出された影だけだ、

温かいハグ、そよ風が私の心に穴を開ける。

を楽しむことができないからだ。

長い車中泊とピクニック レトロな夜とヴィンテージワイン

田園地帯の緑の切妻

夢に取り憑かれ、食欲を妨げる

あなたのように笑い、あなたのように見える亡霊たちを見つめるたびに、ループで流れる過ぎ去ったフィルムが、新しいように新鮮な過去を呼び起こす。

目を見て話したあの明晰な日々は、私にあなたとの触れ合いや時間を切望させる。

不気味なほど静かで、私の激変した魂に倦怠感を与える。

私は今、このトランクを閉じ、二度鍵をかける。

手とシロアリで

私は列車に乗り込み、向かおうとしている。

引き裂かれた私の心

これらの窮屈な物語は、贖罪のためにレンズ細工で書かれたが、以前は喚起、賛辞、光を復活させるために使用され、惑わされた。

オン・ザ・ロック

些細なことで喧嘩をする彼らの叫び声が聞こえる。

ベッドの下に潜り込み、目を閉じて、幸せだった頃のことを思い出そうとする。

日曜日のピクニック、乗馬

ポーチのブランコと初めてのスクールダンス

歓声が聞こえるし、プライドも見える。

サケ釣り、ハロウィーン・トリック・オア・トリート 銀河の下でのキャンプ

夜に展示された物語

私はその情景を描き、その時間を再訪することができる。

マイアミ・ビーチと Airbnb

思い出と昼下がりの夢の中に残されたコーヒーがこぼれ、焚き火をすることもない。

私たちの別離と傷心を感じる

ママとウィンターベアのどちらを選べばいいの？

だから、私は布団の中にいて、仕切りのない、不健康な休憩のない新しい芝居を書く。

疲れるまで泳ぎ、ローズマリーケーキを食べる。モンゴメリーを散歩に連れて行き、ブナ科の植物をかじる。

幕が引かれることはなく、この回想も色あせることはない。

私たちが微笑み、歓喜し、ひとつの家族として新たに生きていく姿が思い浮かぶ。

パイプドリーム

最後に会ったとき

最後に会ったとき、あなたは雨の中で踊って歌っていた。

あなたは一人で電車に乗るのを待っていた

私が別の飛行機からあなたの視線に会ったとき、あなたは手を振り、私の名前を言って微笑んだ。

ああ！今度こそ君の注意を引くために、夢を見ているに違いないと思ったんだ。

しかし、あなたは一瞬にして姿を消した

それ以来、君のことが頭から離れなくなった。

ギターを弾きながら、そんなに難しいことは考えないようにしていた。

映画やバーの計画を立てても、私の心はいつもあなたの方に傾いていた。

君の声と太陽のような瞳に包まれて 映画はあっという間に終わった

下町の純朴な少年が墜落した事故とは？

郊外ドライブ

危険なまでに動揺した心で運命を追う

あなたへの夢とファンタジーがずっと続いている。

ガラスと氷でできたイリュージョンを作ったようだ

もしあなたが本当に夢なら、まだ私を起こさないでください

壊れた心は元には戻らない。

君の瞳に宿る蜜をもう一度味わわせてくれ、君の足跡を残す土に触れさせてくれ。

映画は少し前に終わった

友人たちは、私も車の中で寝ていたと言う

どうりで、君がどれだけ素晴らしく神々しいか、まだ僕の心全体を蝕んでいるわけだ 寒くなり、夜が訪れると、霜もまたごっこ遊びをしている

ドアを出て一人の夜に歩いていくと、あなたの背中にぶつかる。

目の前に星が見える。

「星空の下、僕と君だけで

でも、なんでこんなに騒がしいんだろう、なんでこんなに車が走っているんだろう。

サイレンと叫び声が聞こえるようになった

地面に倒れているのは私なのか？それはいつ起こったのか？

私はどうやって死んだのか？

あなたも通りすがりの霊ですか？君はいつも影だったのか？

そんなことはありえない

今日から私を目覚めさせる

歌は終わり、私はベッドであえいでいる。

ヘッドホンをつけたまま、終わりのない恐怖を感じながら、長い間、私はこのパイプの夢を追いかけてきた。

このカリスマ性は私を誇らしくさせない。

後から考えても、私は決してあなたを追いかけない。

あなたは私の幸運かもしれない

影の小川

今は

この時間にピークは無理だ。 マングリーカートン」を話せるか？

最初に運命の場所にたどり着いたとき

重要なのはそのことだ

そして今、私が見ているのはロボット工学だけだ

パーリー・ストッパーズ」でワインを片手に気ままなおしゃべり

富と政治に溢れ、心が求めるものすべて

しかし、私の心はどこにあるのだろう。歴史の中で、切れそうで切れない糸で首を絞められている。

世界の狂人は絶望的な装置に囲まれている。

この時間はピークに達することができません。

お父様をお救いください

それなら

フォスターハウス」で食事をする

破断したレールの上を、私はただ一人で見つめている。

おとなしい顔をした子供たちは、塔の上に行ってしまった。

ゴーストリー・タワーズ』って書ける？

謎の連鎖に導かれ、すべてが歴史となった。

彼は弦の上に力強く着地したが、跳躍は別の場所に着地した

。

他に誰が暗唱できるだろう

私の人生の新しい章が始まる。

この時間帯はピークに達することができない。

飢えた夜、眠ったとき、大事なのはそのことだけだった。

そして今、私が見ることができるのは、たとえそれが一斤のパンであったとしても、食事を与えた手だけだ。

始動と充填

漠然とした農場の夢のない世界で、顔のない囲炉裏や魅力がぐちゃぐちゃになり、不在の貧しい魂によって休息している友好クラブのギルド。

重要なのは

そして今、私は見ることができる。

獲得したコインがなくなると、ブーストとあなたが滑空で新鮮に与えた援助を座っている。

ラップとトレイはフィットするが

この時間はピークに達することができない。

それは永遠だ

オープン・バーレー』から逃げるときが最初だ。

大切なのは、そのことだけ そして今、君を置き去りにした

僕の未来が暗いことがわかる

疾走する木々を見ながら庭から走る。

最も魅惑的な通りで、私が出会った最初の夜、あなたは見つめていた。

そして今、私は大通りを見ることができる。

モーニングラベンダー」と

フランスにたどり着いた。

ホームがそばにあったらどうだろう？

あなたと私が隣り合わせに働き、そうして育まれ、そうして神秘的なスペクタクルを踊る。

恋人と魂の

この時間にピークは無理だ。

フルーツと炎

最初に自分の動機を叫んだとき

大事なのは、その問題だけだった。

私の夢は奇妙に占められている

影の小川』にて

宇宙で、星の間で

船の落下

私は心に決めた

親愛なる友人たちの写真とともに

重力レーダーで宇宙に残った

ハイパースペースがエネルギーを奪い、致命的な打撃を与えた。

セキュリティ違反が明るみに出たとき

私は安全ポッドに向かって急いだ。

力不足

エネルギーは非効率的である。

核心から切り離すために ここにアイデアがある！

フィールド・ラーニングの兵士だった瀕死の友人に教えられ、実践した。

彼は電光石火の撤退劇とともに去っていった。

サージは近い

でも、ケーブルは詰まっている。

そして、オープンエンドでカットする。

接合とカットが少ない

あちこちで何かをしている。

ポッドノイズがスタートの合図

再びセーフモード、エンジンは我々を遠くまで走らせる。

ブロートーチで死んでいくすべての脱出ポッド 注意散漫と苛立ち

時間の感覚を失った

安全ベルトをしていなかったので、頭を打ってしまった。

回転価格

引き裂かれた旅路の中で、恋が始まる。

一緒に行進する

生命のないこの惨めな惑星で。

自分の目を痛めた

サセン

私はサーカスと、あの夜のカタパルト、サマーソルト、誇らしげな飛び込みを覚えている 観客とその歓声を覚えている

しかし、その記憶は今、私を悩ませ、嘲笑する。 認められ、賞賛されるその重要な瞬間は、あなたの不潔な視線に変わった。

隠された目の奥から忍び寄る腕と、エルドリッチの紐。

私は、あなたがいつもパパラッチやリーグとのトラブルに巻き込まれ、縫い、刈り取った災難を覚えている。

ブラックリストに載っていても、あなたは夜明けまで私の後をついてくる。影と骨のひそかな危険が、今、私の肩と足の裏に重くのしかかっている。

私は迷いたくないし、惑わしたくもない。どうしてこんな欲のもつれに陥ってしまったのだろう？

あなたのような才能ある女性が、なぜこのような危険な路線に陥ったのですか？

名前はあるのか、それともただのブラインなのか？

あなたの才能をもっと楽しいことに使ってください......このサリー・ルンの意味は？ほっといてくれ、自分の人生を大事

にしてくれ、約束や悲しい微笑みをくれないでくれ、このネズミと猫の鬼ごっこを

間もなく劇的な終焉を迎える

果てしない愛のためだと言うけれど、あなたは私を惨めにさせ、突き放したままにしている。

私を神格化した才能が、礼儀正しい生活のために私のもとを去ったことを恐れている。

でも、もうこれ以上苦しめたくないんだ。

というのも、私は自分の実際のタイプへの扉を閉ざしてしまったからだ！這いつくばってでも頼む

私の問題やその角を持ち上げてくれ。

この狂った妻たちの社会で。

二種類の死があった

彼らは私の心を攻撃し、魂を砕いた。

今はまだ残っている

臭い床に向かって

私の良心は、同じように逃げろと言った。

スラムでも

危険な男たちが近くまで来ている。

彼らは私の精神に触れ、私の心を屠った。

満杯

私の顎が割れ、私の体に触れ、指を動かし、私の髪に不潔な手が触れる。

私の白い肌を切り裂き、じっと見つめる。

泣き叫ぶほど見せられ、引き裂かれた。

悪魔は去るがよい

傷だらけの私の心に触れないで

フィーリングは消えたが、喉をかき切る嫌悪感はまだ心の中にある。

そして時間は離れていく

私の判断は間違っている

分裂した傷跡の壊れた破片のように。

風と雪と共に去りぬ......私が直面した死には2種類あって、
ひとつは"今"の死、もうひとつは"その時"の死だった。

もう一方

あなたを内側に

後者を選択できればいいのだが、私の心は重い

まるで妖精のカートの死体解剖のように。

呪文は数回続いたけれど、今ならこう言える。

それは

すべてが静かだ。

私は立ち上がる

過去

この情熱で、私はあなたの玉座に横たわる この心で、私はあなたの心を追い求める 全能の石のように、それは悩む

いつも私とあなた

我が子は空の霧に霞むあなたの姿を求めて泣いている。

だが

シャベルを手に私の心を吹き飛ばす

空から光がやってくる

心の奥底に埋もれていたすべての情熱を呼び覚ます。

君の瞳の鮮やかさに、僕はつま先でクラッシュしたことがある。

私は敵を覚えている

この夢を抱いて、私はあなたの腕の中に横たわり、この希望を抱いて、私はあなたの組曲のために叫ぶ、

片隅に横たわる君と僕

わが子は空腹で眠り、油と汚れにまみれている。

クロスバーに手をかけ、私を殺す

雲から雨が歌い、絶望が心の底で鳴り響く。

魂の炎

つま先でクラッシュしたこともある。

あなたは私の敵

現在

私は一歩を踏み出さなかった。

いつ

ヤドリギの下で私にキスをする。

今、時代は終わり、私はもうあなたの奴隷にはならない 私の子供は毎朝、毎日、私を見上げる 私の美徳は栄光の中に埋もれていく

私の怒りはおまえを食い殺すだろう。

この神秘の時間に、私は自分が誰であったかを忘れてしまうかもしれない。

しかし、歴史が見つめる先には、常に勝利の本質がある。

燃え尽きても、本当の自分にある

殻の中で鳴る 君の痛みは何のメリットにもならない

私の心をあなたに捧げました。

今夜もこれからも、女は火あぶりの刑だ

私はあなたを愛している。

覚えておく

私は立ち上がる

パート IV

楕円軌道

私はバブルの中にいて、いくつかの夢を見ている。

私の手からはじけ飛び、私を外の世界にさらすか、あるいは私からさらに遠ざかるかのどちらかだ。

風船に空気をたくさん入れるように、私はすべての結果に不安を感じている。

かつて私が持っていた勇気

今となっては、見知らぬ通行人の記憶の断片のように思える。

アイデアいっぱい、冒険いっぱい 彼女はどこへ行ったのだろう？

なぜ彼女は私を一人にしたのか？

私は別の解決策を見つけようとしているが、私の体は恐怖にとらわれている。

まだあきらめたくない

それでも、私はこのレコード盤の中で澱んでいる。

かつてはメロディーと詩の庭だったが、今は枯れ野原と化している。

近いうちに、私は身を引かなければならないだろう。

かつて抱いていた情熱

今となっては遠い蜘蛛の巣のようで、見えないし、ところどころ破れている。

高揚感にあふれ、意欲に満ちている。

なぜ彼女は私を一人にしたのか？

世界が回っている間、寝ているわけにはいかない。

たとえ冷たい足を引きずることになっても、私は子供の思い出のように忘れ去られ、捨てられることはない。

いつまでも隠れているのは愚か者のプライドだ。私の決断がどこへ行こうと、そこから一人で沈もうとも。

私の影が私と手を取り合って立っている。

かつての炎が10倍に燃え上がる

それはもはや、ただの燃え殻と灰ではなく、私の内なる叫びの朗読なのだ。

勇気に満ち、献身に満ち、彼女はずっとここにいた。

ただ、より良い姿に変身しただけだ。

この楕円軌道の中で、私は長い間、ひとつの場所を回っていた。

失われた魂の迷宮

私はこの霧の中で一人途方に暮れている。

出てもまた同じことが繰り返されると思えば……。

私は自分に嘘をついている

私もあなたも知っている。

私はこの迷路の中に自分自身を飲み込んでしまった。

あなたは私を悲観主義者と呼ぶ

しかし、私は羊と鶏に囲まれた不思議な現実の中にいる。

現実に触れつつある

長い間、私は自分に鞭打たれ続けてきた。

これらの侮辱とバーのすべて

それは、この怪物のような、しかし空虚なカートに私を縛り付けておくためのものだ。

あなたは「私の手を取って」と言うが、私は自立した愚か者だ。

強気で独立心が強すぎるため、自分の中にある力を見出せない。

城壁は堅くなり、私はさらに迷い、孤独になった。

知り合いも電話する人もいないこの運命の中で

私が作った敵は私の休戦を受け入れない6年間の苦労が私の靴の中で腐っている

かつては雲の上にあったものが、今は地面に張り付いている。

私は自分の中に存在する二元性を打ち破ることはできない、とあなたは言う。

しかし、私は屈しない

私の精神が傷ついた後でも、このような大臣ゲームに参加する。

あなたはこの暗い廊下で私を見て、それがあなたの魂を傷つけることを知っている。

しかし、私はこの暗闇に迷い込んでいるわけではない。

私がこのコードをつなぐまで、親指をいじってくれるかい？

それとも、私をこの迷宮に置き去りにして、道に迷い、ひとりぼっちになってしまうのか？

ヘビー・ハート

目のこめかみに雨が降り注ぐと、重い心で涙を流す。

私は心の奥底に埋もれた記憶をフラッシュバックさせた。

平原は火に焼かれる

風のささやきを残して 氷のフレークが始まるとき

恐ろしい風に吹かれながら、私は寒いままだった。

風のような嵐の中で私の心をとらえた。

心の奥底に埋もれた傷跡を読むために

重苦しい気持ちでテルギバーティング

彼女の足の裏に雪が降り積もったとき、私はあのときの記憶がよみがえった。

大地は平野で、洞察力に富んでいる。

砕けた星々 骨が飛び散る

私は、絶縁性の新興企業の膜の中で暗闇の中にいた。

構造化ゾーンの飛び散る迷宮

呪われた湿原で私の魂を魅了する

私は、彼女が恐れていることを示す弱虫であることを認識した

今、実現した夢を読むために。

アンティルビアの海岸

生きていたいと思っていたのに、いつも死ぬことばかり考えている。

僕はもう、昔のように君の後ろを走るのは止めたよ

自分の運命は自分で切り開くものなのに、なぜこんなに悲しいのだろう？

あらゆる方法で、あらゆる時に、私はサードホイールのように座ってきた。

罪悪感、ストライキ

しかし、今は私の欲望について考えている時ではない。

私は深いトラウマの中にいて、火葬のことを考えている。

あなたは勇敢だと思っていたのに、いつも暗闇に隠れている。

スペースに隠れるまで

棒に織り込まれる

もう過去のことで、すべてが終わってしまったことは分かっている。

あなたが用意した船は、とっくに出て行った

親愛なる人たち、思い出、気力を残して

そして魂

あなたは歌いたいと思っていたはずなのに、いつもステージの後ろにいる。

応援

あなたの手柄を横取りする者、そしてあなたの名前

過去のように、あなたの決断をコントロールすることはやめた

私は私自身の柱である

でも、どうしてこんなに惨めに悲しいんだろう？

あらゆる方法で、あらゆる時に、私はあなたの行動を後悔してきた。

涙を流しながら、しかし誇りを持って

しかし、今はこのジャイアーの中に閉じこもっている時ではない。

新しい船を造って、この前時代的な海岸を離れ、再び開拓することができる。

あなたの親愛なる人たち、

あなたの記憶、あなたの気質、あなたの魂

半神

火と海は、こんな小さなことで泣かせてくれる。

あなたの心を消費する

蝶は繭を作る前に考えることはない。

重い重荷に昼を占領されてはいけない。

来たり来なかったりするものは、生命の自然なサイクルである

空も月も怯える

灰と日食は旅立つ前に尋ねない 突然の変身はいつもの仕事
失ったものは戻ってこない

いつも考えていれば、痛みはあなたを騙し、取り戻すだろう。

木から離れる前に、秋が訪れ、木が自分たちの戦場であることを知る。

輝きを失ったが、肩の力が抜けた。

泣いたときに寄り添う

大地と星は平行線を描いているが、互いに憧れ合っている。

それぞれの苦境に

起きたことは変えたくないが、なぜそれが問題なのか？

私の顔を消すことに固執する場合

創造物も被造物も、仲間のアバターの歌詞に包まれてひとつになっている。

水はあなたの渇きを満たす前に考えることはない。

私が君を私から奪って以来、君が私を憎んでいることは知っている。

しかし、私があなたであり、あなたが私であるとき

なぜあなたはあなたから逃げているのですか 手を貸してください

そうすれば、私は何もかもうまくいく

それは私の決断から始まり、やがて嘲笑で終わるだろう

真夜中に会おう

月が最高峰にあるとき、私は人生と私についてのすべての質問に答えるだろう

でも、もし会うことになったら、後戻りはできない。

もう後戻りはできない

いつだって君が決めることだけど、僕は君が来ないことを願うよ

挨拶したくないわけではない。

しかし、ただ単に、私は毎日、ほんのわずかな光の中でもあなたを見ているからだ。

私に背を向け、頭を下げずに生きていても

私はあなたの隣にいる

空っぽの椅子しか掴めなくても、だから、見えない手でお願いする。

笑顔で再び遊ぶことを学ぶ

花とミツバチは、私があなたを日付より早く連れて行ったら嫌がるだろう。

だから、あなたがここに留まり、幸せな人生を送ることを祈っている。

ティーム・ラップ

時は過ぎゆく

真夜中の花々が

が光とともに消えていく。

時間はフェイク

緊張が涙を誘う

ただ夜に凍る

私の電話はすべて、このスコアで縁を切って走り去る。

毎日の祈り

それは時間の罠だ。

タイムラップ

私の胸に触れる。

そして、私は大声で引っ張る。

咆哮は栄光であり、成長するために多くのことを誓う。

時間の罠 逃げ場なし

真夜中の時計が鳴った。

時間の罠 A タイムラップ

それが、このパンチングに包まれている。

しゃべりすぎだ。

私たちだ。

山崩れで崖崩れした山の生活

砕け散る岩も、輝く星も、今この時、私を救うことはできない。

雨に霞む

雲ひとつない夜に霧が立ちこめる。

私はあなたを探そうとした。

自分を刺さないようにね！

あなたには未来がある

そして、私はその鼓動の中にいる

なぜなら、あなたの歴史のそれぞれの試練において、私は裸足で歩いてきたからだ。

輪廻

死因をお許しください

あなたが眠っている間に死んでしまうのがわかっているから。

結婚を申し込んだとき

子供たちが緑の野原で遊んでいる。

死ぬことは分かっている

あなたは私に呪われた人生を送ってほしくないのでしょう。

冒険好きな人はそんなに若くは結婚しない。

私は泣き始めた、あなただけが私の夢だから。

太陽のほのかな光に照らされながら、そばにいるあなたを見た。

信じるべき過去も歴史もない。 あなたはそれを、毎日黄昏時に始まる人生の自然な偶発性と呼ぶ。

だから、私はあなたの死にゆく光の中に転生する。

新しい明日、新しい夜が見える

私は座って月とおしゃべりをして過ごす。

次回のランデブーを待っている。

だから、死因については許してほしい。

どこから力が湧いてくるのかわからない。

この物語は無限に続くと私は考えている。

コントロール

組み立てられた独房の中で、私は気が狂いそうになった。

人生という物語が紡ぎ出すものによって、私は自分が誰なのかわからなくなる。

もし私が電車に遅刻して、遅刻して、電車が逃げてしまったらどうしよう。

誰も不思議に思わない。

私は年をとり、時間とともにしわくちゃになった。

私は、ついに負けてしまったと思う。

そしてコントロールを失う

それはかつて私のものだった

他人の影で生きる私は、空虚で引き裂かれたようだ。

私の記憶の断片のように

私は自分の頭の上で回転している。

雨が降っているとき 天候のせいで葉がどんどん変わっていく

そして、彼らは風と共に歩み続ける。

自分を救いたい

時が経つにつれ、私は冷淡で利己的になっていった。

そして、またもや失敗してしまった。

私は負け続けている。

かつて私のものだったコントロール

金色の額縁に飾られた私は、絵画のように見える。

曖昧な絵の具が滴り落ち、滑り続ける。

私の手が虹色に染まるまで

ダイヤモンド

自己治癒力を高める方法を知っていればね。

誰も不思議に思わない。

エンジンの蒸気のように吹き出した。

私は、ついに負けてしまったと思う。

そして負けた

コントロールは私のものだった。

虚空の下

混乱の悲惨な縁に沿って、私の心の最も深い探求の中で、

喜びの意味を見つけた

思い出のガードの奥深くに隠された、千々に引き裂かれた一本の糸が、不幸の山へと続いていく。

一歩一歩、私は壊れた鳥の巣を見つける 偽りの領主の土地で安らかに休んでいる エネルギーの性質は電気で反転するが、輝くプールの中で溺れている

閉じ込められた果実の数々

食わず嫌いで並ぶ

儚い

感情が再び私を傷つけるチャンスを得た。

そして、異なるスタイルで走った。

今すぐやるべきだ。

昨日は頭痛で目が覚めた

超現実的な享楽の地は過ぎ去った。

そして、違う雰囲気の中でこの世を去った。

今すぐやるべきだ。時間は短いし、うるさいくらいに時を刻んでいる。

記憶にない

午前中

緑陰の中 闇が尾を引く

そして、私の内なる新たな情熱の復活が、私の存在を焼き尽くした。

真珠貝のように打ちのめされる。

打ち続ける

より速く、よりハードに……時の流れとともに、亀裂はより広く、より荒々しくなっていく。

それは私の足よりも速く走っている

夕方

イモムシの繭の中 獲物が後を追う

そして、私に残されたものを消費した。

夜明けの光のように引き裂かれる

雨の暗雲に耐えたこの手の形は

しわになる

より速く、よりハードに

時の流れとともに、重荷はますます重くなる。

それは私の叫びよりも速く歌っている

正午

危険な城の中 剣が引きずる

そして、私の中にある新しい世界のシンフォニーを消費した
。

冬の寒さを乗り越えた紅葉のように、埋もれてしまう。

より速く、よりハードに

ページはめくられ、時の流れに翻弄される。

瞬きするよりも早く、フリックしている。

彗星

かすかな呼び声が耳に残っている。

月が急に暗くなった。

外が明るかったころは慣れたが、今は手が重すぎる。

その不気味な門を閉じるのは危険なことだ。

かすかな呼び声が大きくなり、もはやかすかではない。

私は夜、外に立っている。

髪が揺らぎ、首筋に風が当たる 月はどこにも見えない

雨に濡れた道はきらきらと輝き、私の足は慎重に歩を進める。

一歩、一滑り、一転びを願って 星が私の道を導いてくれる

居たたまれない恋人のように

もっと大きな音に向かって、一歩一歩歩いている。

いつもの夜と同じように、もう一度地平線が見える

しかし、今日はいつもより興奮気味で、蝶のようにひらひらと舞っている。

その翼は破れず、その色は千切れなかった。

私は今、階段に向かって走っている。

再び静寂が訪れる

血が流れ、汗を流し、涙を流したあの瞬間、思い出が脳裏を駆け巡る。

砕け散った磁器が綱につながれている。しかし、綱を切る時が来た。

そして、混ざり合い、変わってしまう前に、私の運命の道へと飛んでいく。

森のそばで

足はもう地面につかない。

冷たい夜空を抱きしめて

それはいつも千のダイヤモンドだった。

BE

地面に足をつけ、冷たい路面を感じる。たとえ滑っても、それは問題ではない。

たとえ稲妻が落ちたとしても、あなたの頭が雲の上にある限り

たとえ私の心が恐怖にとらわれても、あなたの友人たちは、あなたが自分たちのもとに戻ってくるのを待っている。

茶色い泥の上に足を置き、くすぐったい感触を味わう。

たとえ溺れても、水面下の歩き方さえ知っていれば問題ない

浅い光に照らされた星の上

遠く

遠くへ行こう

人の及ばないところへ行こう

そこで私は一人きりになり、私の影が私を強くしてくれる。

そして、より強く、知恵に満ちた反対側に来る。

たとえ悪魔が勝ったとしても、私は喜んで立ち去るだろう

たとえ怪我をしようとも、自分の意志と夢のすべてをかけて、自分の手と足のすべてを駆使してよく戦った。

私が憧れた人。

ニーズ

私はあなたの怒りが収まるまで、どこまでも歩いていく。

地獄のような偽りの夢を見て、私は嘆いた。

井戸の底に落ちた私を受け止めてくれる人は誰もいなかった。

私の必要性

私は何も言うことはなかったが、熊のように蜂蜜の雫を求めて迷い込んだ。

あなたが言ったことを思い出すまで。

献蜜

蛇の臀部を持って、私はあなたの門を叩いた。

戻る意志がない

考える…

どのようなものが幸福を与えるのか

彼らは私のことを知っているのか、それともあなたのことを知っているのか

テキストを入力したストリームをフィルタリングした。

私は自分のことを言った。

私は気づいた。
と聞かれたとき
なぜあなたが必要なのか？
あなたがヒーローだからではない あなたが夢だからでもない
私が泣くとき、あなたは私の涙を洗ってくださるから
何もすることがないからではない

あなたなしでも
なぜなら、あなたは私に力を与えてくれるからだ。
君が微笑めば 人生は光に急転する 君が必要だからではない
あなたが近くにいるときだけ、私の心臓は鼓動する。
あなたが倒れると、私は息が止まる
こういう理由で君を獲得したわけではないんだ。
私があなたを必要とする理由は
私が倒れるとき
他に誰が私を捕まえてくれるだろう。

私は嘆き、私は倒れた
私が井戸の底に落ちたとき、おそらくあなたはそこにいなかった。

私の必要性

私は言いたいことがあったんだ…。

著者について

サイチョウ

ホーンビル・ハーセルはアラブ首長国連邦のラスアルハイマで生まれ、インドのパンジャーブで育った。彼女は奔放な道を追い求め、新しいコースを開拓し、冒険を求めるのが好きだ。店や図書館で本を物色したり、丘の斜面をよじ登ったりしていないときは、クラシックとヒップホップのフュージョンダンスの振り付けを学んでいる。職業はソフトウェア・エンジニアで、過去 3 年間はロボティック・プロセス・オートメーション開発者として働いている。14 歳のときに初めて詩を書いて以来、書くことが大好きになった。Woebegone Wynds』は彼女の処女作である。

www.ingramcontent.com/pod-product-compliance
Lightning Source LLC
LaVergne TN
LVHW041622070526
838199LV00052B/3215
* 9 7 8 9 3 6 0 4 9 6 6 9 2 *